ÉLOGE FUNÈBRE

DE

M. DE MIRABEAU.

DE l'égale nature interprète éclairé,
Soutien des droits de l'homme enfin régénéré;
Toi qui sçus aux transports aux feux de Dé-
        mosthène,
Joindre du grand Brutus l'ame toute romaine.
Assemblage inoui de merveilleux talens,
Qui menois les esprits, et les cœurs et les sens;
Qui savois aux éclats d'une fougueuse ivresse
Opposer de Nestor la tranquille sagesse.
Oracle de notre âge et de la vérité,
Toi dont l'ame sublime et l'intrépidité
Ont relevé la France expirante, flétrie
Toi qui brisas les fers de ma triste Patrie;
Salut, Ombre sublime, Immortel Mirabeau;
Entends nos longs soupirs au bord de ce tom-
        beau
Où le peuble Français, ta famille éplorée

A

Verse à longs traits ses pleurs sur ta cendre
    adorée ;
Sur ce marbre couvert d'un stérile laurier
Où le monde enfin libre ira sacrifier.
   Cependant nous pleurons sur tes augustes
    restes ;
Ainsi lorsque battu des aquilons funestes
Succombe un jeune ormeau sous leur poid
    terrassé
Sa vigne, avec lui meurt et le tient embrassé ;
Nous t'embrassons de même ombre majes-
    tueuse !
Hélas! sous ton appui plus ferme plus heureuse
La France respiroit, s'élevoit avec tòi
Ta mort la replongée en un deuil plein d'effroi.
Les Titans foudroyés, plus forts de ta défaite,
Plus hardis, plus nombreux, ont relevé la
    tête ;
Ils soulèvent encore leurs bras agonisans
Et la France se trouble à leurs cris menaçans ;
Tu ne les craignois pas dans la carrière im-
    mense
Des monstrueux abus qui refouloient la France
Ton courage indomptable attaqua tous ces maux

Et dompta , presque seul, ces horribles fléaux ;
Près du Palais des Rois , devenu le repaire
De lâches courtisans , pleins des feux de mégère
Le sénat de la France avoit fondé sa cour ;
Cette autre n'étoit plus qu'un lugubre séjour
De vains conspirateurs , qui , nourris de car-
      nage
Vouloient encore de sang alimenter leur rage :
Ensemble ils méditoient l'exécrable attentat
D'abolir d'un seul coup Paris et le sénat :
Nos hercules frappés d'un trop funeste schisme
En tranchant une tête au fécond despotisme
En voyoient naître une autre , et plus terrible
      encor.
Cependant ces héros redoublant leur effort
Marchoient vers le bonheur au travers des
      obstacles
Et tout Paris couroit à ces puissans oracles :
Sans cesse applaudissoit aux magnanimes traits
Qu'on voit étinceler dans leurs sages décrets ;
Mais aux yeux de la cour si foible et si cruelle
La cité la plus libre , est la plus criminelle :
Paris va donc périr , et cent mille assassins

A 2

Enveloppent ses murs , en ferment les chemins
Que dis-je? au sénat même une infâme cohorte
Du temple de nos loix assiège la porte
Et le fer à la main présente le trépas
A qui conque oseroit y diriger ses pas.
Ce nouvel attentat ce forfait despotique
Déja glace les cœurs d'une terreur panique.
Si l'ame d'un grand homme incapable de peur
N'eut à ses compagnons transmïs sa noble ardeur
Ils erroient dispersés et la France avilie
Se fut remise aux fers : une voix les rallie :
Un bouge (*) étroit obscur est un temple nou-
    veau
Que consacre à jamais l'ame de Mirabeau.
« Amis , leur cria-t-il soyons toujours des hom-
    mes
» Notre sainte patrie est partout où nous som-
    » mes ;
» Et quoi, redoutez-vous un phantôme impuis-
    » sant....
» Dût-il ici repandre et boire notre sang
» En dépit de sa rage et de sa barbarie

———————————————————————

(*) Le jeu de paume.

» Toujours libres et grands mourons pour la
     » patrie,
» Chargés de son pouvoir et par elle sacrés
» Expirons en héros pour elle massacrés.
» Elle a tout fait pour nous , ah ! faisons tout
     » pour elle
» Henreux le noble cœur à ses devoirs fidele
» Qui lui peut en mourant sacrifier ses jours
» Puissais-je à ce prix la mériter ses amours ».
De ce foudre soudain , les généreuses flâmes
On ranimé les cœurs, ont embrâsé les âmes
Ce foudre à réveillé notre lâche repos
A fait d'un peuple esclave, un peuple de heros.
   Peindrais-je ce moment de barbare d'émence,
Où l'horrible Lambesq sur nos foyers s'élance,
Tout alteré de sang de carnage affamé
Massacrant un vieillard abatu , désarmé ?
Paris du monde entier, mère affable ingenue
Les glaives sont tout préts , et ton heure est
     venue ;
Le despotisme affreux de ton sang engraissé
Va te punir enfin de l'avoir caressé ,
Tu vas perir : ô nuit ! nuit d'horreur et d'alarmes

Où tout Paris en proye à la fureur des armes
'au fer étincelant de barbares soldats ,
De moment en moment attendoit le trépas.
Le paisible habitant reduit à son courage
Dévoué par la cour au plus affreux carnage
Dans ses bras désarmés , tranquilles , innocens,
Alloit voir égorger sa femme ses , enfans
Éplorés sur un pere abattu sans deffense
Qui les yeux vers le Ciel lui demandoit ven-
    geance.
Hélas ! se disoit-il , dans son lugubre effroi
Quel crime ai-je commis ! j'aimai toujours le
   Roi
Le roi dont la coupable et froide indifférence
A des chefs aveuglés abandonne la France :
Hélas ! C'en est donc fait ce merveilleux Paris
Demain ne sera plus que sang et que débris?
O justice du Ciel sois à jamais bénie ,
Tu suscitas alors un céleste génie ,
Un héros tutélaire envoyé parmi nous
Pour repousser le crime et ses aveugles coups;
Auguste Mirabeau , ta sublime éloquence
A défendu Paris , a délivré la France ,

Tu parles, nous voilà des soldats aguéris.
Notre souffle a chassé nos cruels ennemis
De la perfide cour les pestes ordinaires.
déjà leurs froids poisons enivroient nos bons
    frères,
Ta voix a rappelé leurs esprits égarés,
De tout le sang français les glaives altérés
Sont tombés de leurs mains sous tes puissantes
    armes
Et l'amour fraternel a confondu nos larmes.
  Cependant nos Solons remplis de ton courage
Par ta voix soutenus, secondent ton ouvrage;
A ta voix on a vu soumis aux mêmes loix
Marcher d'un pas égal les Peuples et les Rois:
A ta voix notre Empire a tressailli de joie,
Les Vampires sanglans ont relâché leur proie;
Ta voix a ranimé l'insensible Thémis.
Demi-morte, gissant sur ses funestes lys,
Tu domptas ses suppots, dont la fatale Etreinte
Entraînoit égaroit dans leur noir labyreinte
La France leur victime, éperdue, aux abois
Implorant un vengeur: et tu vengeas ses droits:
Tel et moins généreux l'invincible Thésée

Vengeur de sa Patrie esclave méprisée
Lui vint avec sa gloire apporter le salut
Et la débarasser d'un infâme tribut :
Les élèves d'Athène innocentes victimes
De l'affreux Minautore allimentoient les cri-
    mes.
Thesée entre au Dédale, en suit les longs
    détours ;
Joint le monstre, le dompte, et rend ses plus
    beaux jours
A son Athènes libre, et par lui ranoblie :
De même à notre France épuisée avilie,
Mirabeau, tu rendis et la force et l'éclat,
Ton courage a sauvé, ressuscité l'État.
Immortel Mirabeau, vengeur de la nature ;
De nos barbares loix tu reparas l'injure.
D'un titre ridicule un baron orgueilleux ;
De ses enfans puinés faisoit des malheureux
Souvent d'un fils ingrat l'horrible droit d'ai-
    nesse
De son injuste père absorboit la tendresse ,
    Tous les autres enfans privés de son amour,
Forcés de le haïr lui reprochoient le jour.

D'un ténébreux hameau cette cour souveraine
Étoit un noir séjour de discorde et de
    haine,
Et frère contre frère, épouse contre époux;
Et tous contre le père exerçoient leurs cour-
    roux :
Père dénaturé, crioient-ils pleins de rage,
Ton aîné jouira de ton noble héritage,
Et nous de ton sang noble esclaves décorés
Nous périrons de faim par lui seul dévorés.
Ah ! si ton sang ajoute à notre ignominie,
Tire-le de nos cœurs, arrache-nous la vie.
    Malheureux exilés dans un triste abandon
Les puînés gémissoient surchargés d'un vain
    nom,
Tu leur fais oublier ce funeste héritage,
Pour prix de ce bienfait accepte leur homage:
Illustre Mirabeau, toi qui fus assez grand
Pour rejeter un titre inutile à ton sang.
Cependant sous tes pieds nos hydres étouffées
Ont signalé tes pas de cent nouveaux trophées;
Tes compagnons de gloire harrassés, abattus,
Sur ton auguste appui ranimoient leurs vertus,

Ils se renouveloient au feu de ta grande ame
Pour la sainte patrie, ils y puisoient eur
    flame ;
Toi seul rompant leurs fers les mis en liberté,
Ils fu ent grands par toi comme tu l'as été,
Leur force, leur éclat, leur gloire est ton
    ouvrage.
Tel un vigoureux chesne incliné sous l'orage
Ramène vers le ciel ses robustes rameaux.
Plus forts, plus agueris, des combats inégaux
qu'ont livrés les Autans à son corps invincible,
De méme à la terreur ton ame inaccessible
Brava le despotisme et ses longues fureurs,
Et ses foudres grondans, et ses moles faveurs:
Les outrages, les cris, le fer, la calomnie,
Tous les fléaux ensemble attaquoient ton génie;
Mais loin de leur portée, et de soi rassuré
Il refouloit en paix un monde conjuré.
Cependant triomphoit ta profonde sagesse
Et ta mâle éloquence adroite enchanteresse ;
Guide de ton génie, où puisent à la fois
Les sciences, les beanx arts, et les mœurs et
    les loix :

Mais , ô maheur ! ô crime ! ô déplorable
   France !
Ce héros si puissant a laissé ton enfance
Ton Mirabeau n'est plus , ô barbares destins
Ainsi donc est tombé le plus grand des humains !
Q parque, ô noir trépas choisis mieux la victime
Mon cœur pour ce héros t'ent épargné ce crime ;
Est-il un homme libre , est-il un vrai Français
Qui ne fasse avec moi ces généreux souhaits ?
Oui , si le sang pouvoit fléchir les destinées
Qui n'eut donné pour lui ses plus riches années
Mirabeau prolongé de mille et mille jours
Pour le bonheur du monde eut achevé son
   cours.
   France relève-toi , quitte son maussolée
Ah ! ne dois tu pas être à demi consolée
Quand notre senat-roi se mêlant à tes pleurs
Vint rassurer ton ame , et tes saintes douleurs ;
Oui lorsque du trépas la faux inattendue
tranchoit avec ses jours son œuvre suspendue ;
Mirabeau vers le peuple expiroit désolé ;
Mais de ses vrais amis la foi l'a consolé ,
Tous en pleurs lui juroient le bonheur de la
   France ,

Nous un amour sans fin , ô dieux! ô jouissance!

Les meres, les époux, les vieillards, les enfans,

Tous, le cœur oppressé de sanglots étouffans

En l'inondant de pleurs , ils le nommoient leur
    père ,

Quel nom ! dieu ! quelle gloire ! et qu'elle
    lui fut chère ;

Il l'avoit méritée ah ! notre digne appui

Aussi grand que Brutus fut pleuré comme lui :

répondez froids tyrans, phamtômes imbéciles ,

Vils fardeaux d'un grand peuple, à ce peuple
    inutiles

Et toi plus lâche encor, esprit bas et pervers ,

Toi qui leur vend ton ame et nous forge des
    fers

Réponds-moi séducteur si fier de tes complices,

Gouteras-tu jamais de pareilles délices ;

Non , non , ces plaisirs purs , ce vrai nectar
    des cieux

Aliment des grands cœurs, n'est goûté que par
    eux.

Être pleuré d'un peuple , ah ! l'aurois-tu
    pensé,

Oui le Français est grand il t'a récompensé ,

Tu meurs au champ de gloire et chargé de
   couronnes.
En expirant de joie aux cieux tu t'abandonnes.
Tel aux plaines d'Olympe un Athléte vain-
   queur
Que soutient le courage animant son grand
   cœur ,
voyant autour de lui ses nombreux adver-
   saires
Dans la lice abattus sous ses mains funéraires,
En recevant le prix sourioit au bonheur
Et les yeux sur sa mère expiroit plein d'hon-
   neur.
Ton couchant radieux , ta chûte lumineuse
Éclaire des tyrans la décadence affreuse ;
La France t'applaudit de tous ces vains tyrans
A ses pieds terrassés sous tes bras expirans ,
Et pour éterniser tes victoires sublimes ,
Suspend à tes autels leurs dépouilles opimes ;
Et te crie en pleurant pour tes vastes bienfaits,
Pour ton plus digne hommage, emporte mes
   regrets.
Si dans ces jours de deuil ma main patriotique

Sème de quelque fleurs ta couronne civique ;
Si ma bouche t'honore à l'ombre de nos loix ,
C'est à toi grand génie , à toi que je le dois.
Par toi d'un peuple franc la puissante parole
A renversé l'autel d'une trompeuse idole :
Hélas , le bon François idolâtre empressé
Se fabrique des dieux dont il est oppressé
Mais enfin il s'en venge , et son aveugle audace
Pour un qu'elle détruit en met deux à la place :
Français corrige toi de cette folle erreur ,
Conquérant de tes droits soutiens en le bonheur
Sois libre digne enfin du beau siécle où nous
    sommes :
Si ta Patrie heureuse enfante de grands hom-
    mes
Laisse les croître en paix , honore leur vertu ;
Mais c'est à l'Éternel que ton encens est du ;
Je ne l'offre pas même au céleste génie
Qui vole vers sa sœur l'immortee Vranie ;
Elle règle les cieux dociles à ses mains
Ainsi que mon héros gouvernoit les humains :
O ! perte irréparable , ô ! funestes présages....
Dieux quel trouble nouveau boulverse nos
    rivages

La foudre qui brisa nos Titans orgneilleux
Se ranime en leurs mains et gronde sur ces
    lieux,
Ah ! le sang coule encore sur nos tristes contrées
Ces Titans ont vomis leurs flâmes concentrées.
Ces monstres que ta voix à plongés dans la
    nuit
Rassembloient leur fureur, dans le sombre
    réduit
Où les tenoit cachés ta voix et ta présence.
Tu meurs, tous enhardis de ton fatal silence
Ces monstres qui minoient dans leur obscurité
L'autel le saint autel de notre liberté
Osent paroître au jour : reviens moderne Alcide
Viens purger nos climats de ce ramas perfide
Viens d'un trait de lumière éclairer leurs com-
    plots
Viens les replonger tous dans leur profond cahos
Viens nous montrer leurs fronts tous masqués
    d'innocence :
Sous ce nouvel habit faux gage d'alliance
Ces lâches ennemis d'échirent les troupeaux
Confiés à leurs soins, à leurs forfaits nouveaux.

L'État frêle vaisseau sous les enfans d'Éole
Dans un affreux abime a perdu sa boussole.
Son Mirabeau n'est plus : veille du haut des
    cieux
Pilote bienfaisant, sur son cours périllenx ;
Sur cette vaste mer sous tes mains temperée
Lance tous les rayons de ta sphère éthérée.
Que ton astre le mène à son paisible port
Des héros tes amis soutiens l'heureux effort
Vers le but ou leur bras luttant contre l'orage
Pousse l'heureux navire aspirant au rivage.
Pour vous dignes soutiens de notre liberté
Pressez-vous de fixer votre immortalité
La gloire au front serein pour vous pure et
    fidèle
Vous présentant la palme, au terme vous ap-
    pelle.

De l'Imp. de PRAULT D. S. M., Imprimeur de l'Assem-
blée Électorale, au Palais, 1791.